造梦师埃里克

［西班牙］基科·戈麦斯／著

［西班牙］达尼·帕德伦／绘

张　晶／译

山东教育出版社

献给塞拉，她总能帮我实现我想要的。

献给伊内斯，这是我们共同创造的一个小小的梦。

造梦师埃里克

［西班牙］基科·戈麦斯／著
［西班牙］达尼·帕德伦／绘

张　晶／译

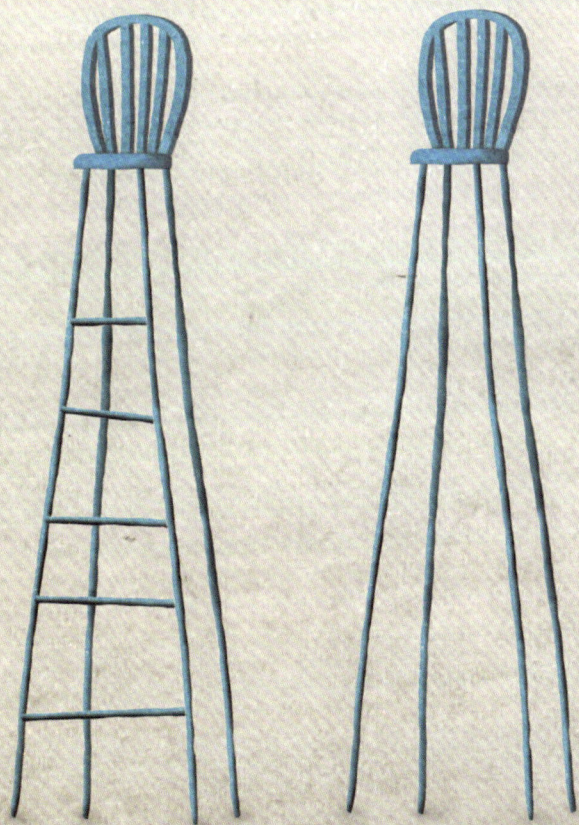

你们想不想知道梦是从哪里来的？

是谁决定了我们每个人梦到的是什么？

当我还是个孩子的时候，我就认识了能完成这项工作的人。

他的名字叫埃里克。

造梦师埃里克居住在被巨大的灰色月亮和无数明亮的星星围绕的天空下。

他的家被一棵巨大的橡树笼罩着，位于长满鲜花的广阔的山谷中。清澈的潺潺的溪水从山谷中流过，在那里还可以听到青蛙呱呱的叫声。

埃里克居住的房子是石头做的，
外墙被长长的藤蔓完全覆盖住了。

至少，在我看到的时候是这样的。

我们都喜欢居住在梦的世界里。作为造梦师，埃里克可以随心所欲地改造自己的世界。

因此，他的花园今天是绿色的，枝繁叶茂，但明天可能就变成一个紫红色的巨大的玫瑰花园；他的家现在是一个石头和砖头做的房子，明天可能就变成一个木屋。

这就是他的天赋。他能让一切在脑海中浮现的念头变成现实。

埃里克可以让人们因为做梦而无法安静地睡着。他趁人们刚刚入睡，就开始在他们的脑海中勾勒出梦的形状。太阳落山，他的工作就开始了。

每场梦都是一个和现实截然不同的、完全分离的世界。埃里克在这个世界中行走，让每个人都会经历一场梦境。

有一次，不知道为什么，一个孩子出现在埃里克的家门前。他大概有8岁，穿着一件牧羊人图案的睡衣，手里拿着一只可爱的玩具小熊……那个孩子就是我。

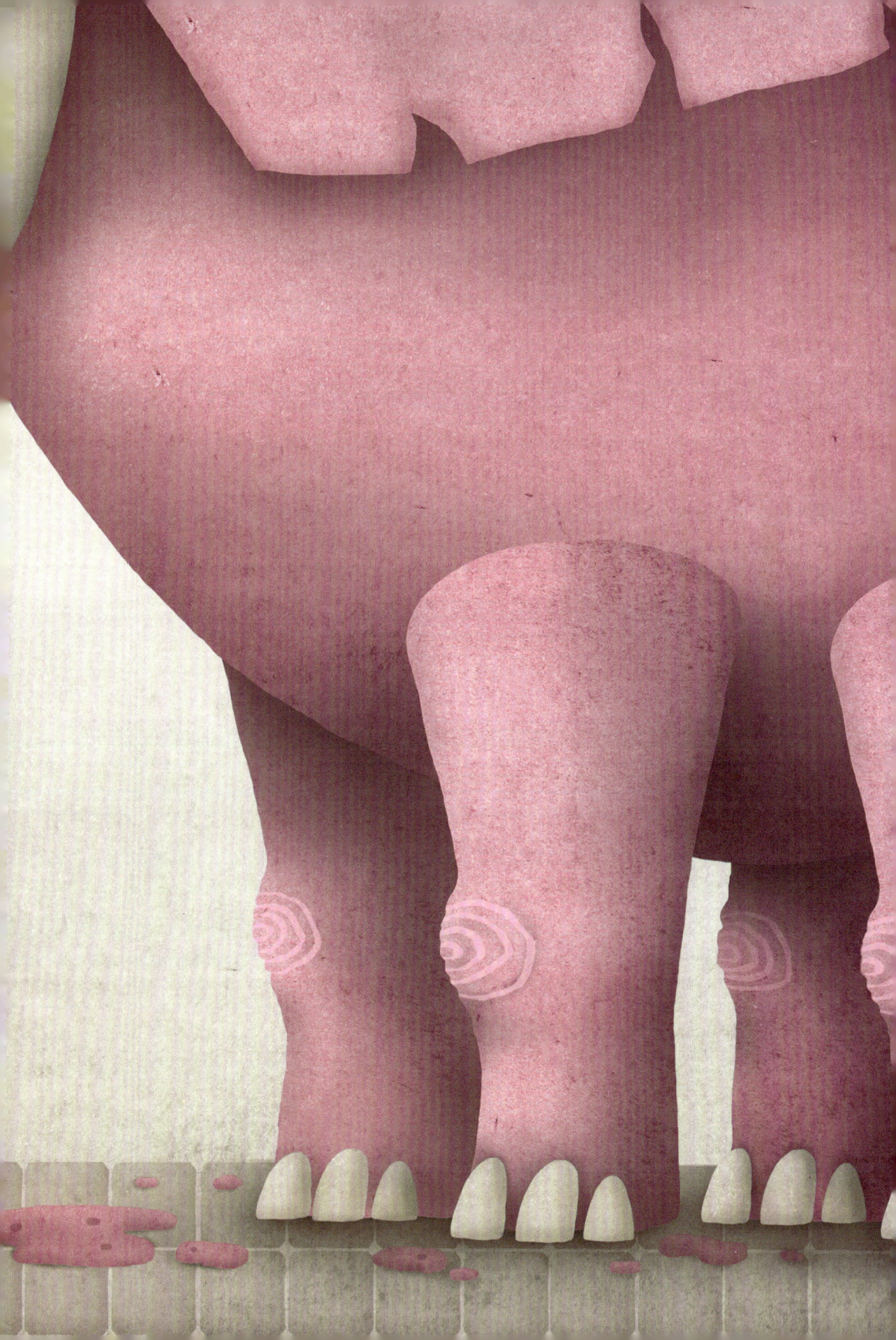

埃里克不太明白我站在那里想要做什么，因为他从来没有见过任何人到过他的家，通常人们都在自己的梦境中。

　　"你是怎么来到这里的？"
　　"我也不知道。"我回答说。

　　"我想我们要调查一下你的家在哪里，然后把你送回去……但是现在我有很多工作要做，你先和我在一起吧。"

梦的世界是迷人的。每个人都沉浸在属于自己的梦的气泡里，无法看到周围发生的一切。

埃里克靠近其中一个人的气泡，他用手触摸这个气泡，歪着头冲我神秘地笑了笑。不一会儿，他把气泡充满水，使气泡变成一片巨大的海洋。海面上出现一艘船，气泡里的人立刻变成了海盗。

"你是怎么做到的?!"我问他。

埃里克没有回答，只是走向另外一个女孩的气泡。

他触摸这个气泡，把它变成了一个足球场。女孩变成了足球队里的前锋，正在兴奋地庆祝进球。

"你是一个魔术师吗？"我问他。
"不，我是造梦师。"埃里克轻松地说。

接下来，埃里克把一个小朋友变成了一名宇航员，把一个女人变成了女王，让一个老婆婆飞上了天，又让一个老爷爷能吟唱诗歌……

每个梦都比前一个梦更有魔力，更难以置信。

直到埃里克又来到一个巨大的气泡前，他
突然变得很严肃。气泡的底部消失了，气泡里
的人开始跌落、跌落……

“我不喜欢那个梦。”我觉得埃里克意识到了，他看着我，温和地说：

“有时候，人们会因为睡前吃得太饱或是看了恐怖片而做噩梦。不好的梦也仅仅如此。当人们一醒来，噩梦就会立马消失，不再打扰人们。所以，没必要感到害怕。”

说完这些，他继续上路了。有的人已经做了甜美有趣的梦，而有的人却没有。但是，就像埃里克说的，梦仅仅是梦，没必要感到害怕。

结束了工作，我们回到埃里克的家。他让我坐在一把椅子上，轻轻触摸我的头。

　　"原来如此……"他笑了。
　　"怎么了？"我好奇地问。
　　"你在这里的原因。"
　　"是什么？"
　　"这就是你的梦，梦见和谁一起造梦。"

他捋了捋我的头发，最后说：

"夜晚结束了，你该回家了。好梦……"

渐渐地，一切变得黑暗起来……

我睁开眼睛，发现自己躺在床上。天已经亮了。

从那个晚上开始，我再也没有见过埃里克。但是，每天早上醒来，我知道他曾和我在一起，让我梦见不可思议的事情，让我忘记烦恼。因为这就是他的工作——造梦师。

图书在版编目（CIP）数据

造梦师埃里克／（西）基科·戈麦斯著 ；（西）达尼·
帕德伦绘 ；张晶译. — 济南 ：山东教育出版社，2018
（2022.10重印）
（小荷精选图画书）
ISBN 978-7-5701-0016-3

Ⅰ．①造… Ⅱ．①基… ②达… ③张… Ⅲ．①儿童故
事－图画故事－西班牙－现代 Ⅳ．①I551.85

中国版本图书馆CIP数据核字(2017)第260200号

山东省著作权合同登记号：图字：15-2017-65

造梦师埃里克

[西班牙] 基科·戈麦斯／著
[西班牙] 达尼·帕德伦／绘
张晶／译

责任编辑：王 希 张林洁 王烨炜		版 次：2018年3月第1版	
美术编辑：革 丽 尹兆美 于 洁		印 次：2022年10月第2次印刷	
主管单位：山东出版传媒股份有限公司		成品尺寸：162mm×230mm	
出版发行：山东教育出版社		印 张：2.75	
地址：济南市市中区二环南路2066号4区1号		字 数：22千字	
邮编：250003 电话：0531-82092660		印 数：5001-7000	
网址：www.sjs.com.cn		书 号：ISBN 978-7-5701-0016-3	
印 刷：山东星海彩印有限公司		定 价：36.80元	

（如印装质量有问题，请与印刷厂联系调换）印厂电话：0531-88881100